张 舫 著

文化藝術出版社
Culture and Art Publishing House

图书在版编目（CIP）数据

直路集 / 张勐著. -- 北京：文化艺术出版社，
2025.1. -- ISBN 978-7-5039-7777-0

Ⅰ.I227

中国国家版本馆CIP数据核字第20254QZ728号

直路集

著　　者　张　勐
责任编辑　丰雪飞
责任校对　董　斌
书籍设计　楚燕平
出版发行　文化艺术出版社
地　　址　北京市东城区东四八条52号（100700）
网　　址　www.caaph.com
电子邮箱　s@caaph.com
电　　话　（010）84057666（总编室）　84057667（办公室）
　　　　　　　　　84057696—84057699（发行部）
传　　真　（010）84057660（总编室）　84057670（办公室）
　　　　　　　　　84057690（发行部）
经　　销　新华书店
印　　刷　国英印务有限公司
版　　次　2025年2月第1版
印　　次　2025年2月第1次印刷
开　　本　787毫米×1092毫米　1/32
印　　张　4.5
字　　数　31千字
书　　号　ISBN 978-7-5039-7777-0
定　　价　38.00元

版权所有，侵权必究。如有印装错误，随时调换。

张祎依 画

张祎侬 画

目 录

上

003 / 爱与，生生
004 / 凤凰，牡丹
005 / 小雀，淡淡
006 / 童言，凿凿
007 / 秋中，龙龙
008 / 喜欢，不不
009 / 梧桐，飞飞
010 / 不慢，中中
011 / 念念，无晴
012 / 雅雅，不洼
013 / 念念，清清
014 / 泰和，安安

015 / 青史，卿卿

016 / 缘聚，双龙

017 / 如如，欢喜

018 / 万物，不不

019 / 想入，飞飞

020 / 大九，无序

021 / 空雨，凉秋

022 / 阴天，无雨

023 / 多疑，无云

024 / 大小，无异

025 / 叛逆，往往

026 / 白鸽，如云

027 / 星空，日月

028 / 偷生，得过

029 / 江湖，青山

030 / 山佛，归来

031 / 无趣，许多

032 / 山川，草木

中

035 / 父亲的城

036 / 妈妈的话

037 / 岁月,安安

038 / 晚起,早睡

039 / 门外春开

040 / 偶感

041 / 在爱与谎言之间

042 / 黎明前后

043 / 准备写诗了

044 / 台上台下

045 / 生命之歌

046 / 只要喜欢

047 / 愚蠢

048 / 生活是什么

049 / 几个人

050 / 在人群中

051 / 小雨

052 / 多疑与无情

053 / 每一次的雨声

055 / 古城的记忆

057 / 一念成诗,一念雨下

059 / 浮生一梦

060 / 红草的尽头

062 / 虽浅,但深

063 / 夏雨

064 / 心尘,刚好

065 / 致远,清平

067 / 真假,双生

070 / 不知,不觉

072 / 微澜过后

下

077 / 十一小时后

083 / 爱与不爱

085 / 爱的尽头

087 / 爱在深秋落叶时

090 / 小雪

092 / 故土圣安

093 / 还是那场秋

095 / 是否，还在

097 / 灰色

098 / 离别的心醉

099 / 凝往

100 / 墙边的蚁洞

101 / 轻浮的真爱

103 / 轻轻地走近我

105 / 燃烧的麻雀

106 / 有一种天空

108 / 听声

110 / 当望穿者的秋水，只是一场卑微

112 / 我的喜欢

113 / 我们已不再年轻

115 / 无言能否让青春嘹亮

116 / 想一辈子爱你

118 / 心里想着一个人

120 / 一场秋雨后的送别

122 / 一英里之外

124 / 雨后的青春

126 / 遇见

128 / 最后的最后

130 / 碎心醉过

131 / 掠过回忆,心见水纹

上

爱与,生生

一木,不息
阳光,微微
彼此,欢喜
爱与,生生

凤凰，牡丹

凤凰瑰瑰

牡丹艳艳

粉粉清清

云霓常常

小雀,淡淡

枝头闲闲
地语啾啾
毛毛小雀
淡淡而生

童言，凿凿

紫薇无无

斑斑雀雀

童言凿凿

旧事飞飞

秋中，龙龙

秋光燊燊

中日盈盈

龙飞踏踏

龙归祥祥

喜欢，不不

仙佛，不不
男女，不不
真假，不不
喜欢，可以

梧桐,飞飞

梧桐飞飞

傻傻如归

来日长长

久久为安

不慢，中中

不舍，离离

不太，纷纷

不知，小小

不慢，中中

念念，无晴

一念深深

二念愁愁

三念既既

念念无晴

雅雅，不泩

大雅痴痴

小雅靡靡

不泩不泩

旷晏晴中

念念,清清

似曾,难难

苦苦,清清

欲求,念念

不说,不说

泰和，安安

小恙无过

大事无非

春秋知己

泰和安安

青史，卿卿

山花和煦

流水不息

一载千秋

青史卿卿

缘聚，双龙

感恩天地

阴阳缘聚

动静和和

大美双龙

如如,欢喜

旷野如空

白云如故

如欢如喜

如往如来

万物，不不

一九，人非

九九，万物

不争，不失

不忘，不念

想入,飞飞

想入,温柔

溪水,澜澜

天色,微光

双燕,飞飞

大九，无序

黑白无序

日月有常

星辰肇始

大九归真

空雨，凉秋

空雨过后

覆水难收

新枝不再

爱意凉秋

阴天，无雨

悬空阴阴

莫祈无雨

静静机缘

复复往来

多疑，无云

杂乱，荒野

喧喧，人生

众山，无云

多疑，不悔

大小，无异

心外无大

天外无小

自然之外

大小无异

叛逆,往往

听话,有趣

无师,不通

叛逆,顺其

自然,往往

白鸽,如云

草原,悠悠

寺庙,元元

溪边,小憩

白鸽,如云

星空,日月

星空日月

暑后秋来

唯一天一

是岸无题

偷生，得过

醒来一梦

醉卧从前

偷生得过

再见春京

江湖，青山

青山远去

江湖缥缈

未来星光

一梦浮沉

山佛，归来

见山者佛

见佛者山

如归者来

如来者归

无趣，许多

忘而无趣

心生许多

回头见路

已是半山

山川,草木

一生此刻

半日山川

难得草木

亦是凡仙

中

父亲的城

童年,漫漫

中年,行行

其城,无影

法城,宗宗

妈妈的话

细腻，温婉

动听，柔柔

晚晚，凉凉

微笑，安安

岁月，安安

早晚，无无

日月，静好

遥遥，忘忘

岁月，安安

晚起，早睡

七八九十

略知一二

三四五六

晚起早睡

门外春开

门外事小

家事大

窗外梨花

春又开

偶感

雨一过
天晴了
梦一觉
人醒了
病一好
忘记了
再一睡
过去了

在爱与谎言之间

一念之间

万恶丛生

在爱与谎言之间

人心荒凉

世间无常

一念放下

万般自在

在爱与谎言之间

人心寂静

世界吉祥

黎明前后

黎明之前

我躺着的床与身

还不属于我

黎明之后

它们依旧

不是我的

准备写诗了

准备写诗了
明天就开始
然后出个诗集
在诗里面看风花
寻爱情
看看宇宙是不是也与诗有关
希望你能够看懂
不只是宇宙
还有我

台上台下

台上的你

有时像我

有时如他

台下的他

有时像她

有时是它

生命之歌

生命之歌

歌如此生

声歌如梦

梦似歌生

只要喜欢

不要太灰心

努力工作

穿着得体

个性一些也可以

只要你喜欢

愚蠢

聪明与愚蠢
一个自以为是
一个自以为真
智慧与愚蠢
前者无畏
后者无知
美貌与愚蠢
两者未必可比
两者却皆可抛弃

生活是什么

1

紧张但有序

严肃却活泼

你问我这是什么

我不会说这是生活

2

生命和生活哪个重要

我想了又想

却还是无法回答

几个人

两个人还是三个人

一个人还是两个人

三个人或者五个人

在人群中

在人群中

活着才像是活着

在人群中

一眨眼

你却没了身影

小雨

混合着泥土的气息

与微风相伴而生

是春雨

又像是春天的微笑

听到了细雨的低声

是在问我还是喃喃自语

它在喘息

又像是在拥抱自己

感受着生命的同行

在阳光下

有着风雨不息

也见到了你我相伴一生

多疑与无情

我不是你的父

不是天

不是地

承载不了你的多疑与无情

不用质疑我说的话

也不要怀疑

因为那不是对你说的

而是说给昨夜梦中的她

那么

我是谁

这是哪里

其实

眼前的草很美

昨晚的梦有你

每一次的雨声

每一次的雨声响起

都有一份思念想你

那份真实随着雨的声响

汇到心底

那一深处

每一次的雨声落下

都有些许回忆落幕

那份过往伴着雨的落处

停在心中

某个时刻

是雨声

还是你

让我在此时

清醒

是你

还是雨声

让我在此刻

迷惘

古城的记忆

夕阳下

炊烟袅袅

眼望去

熙熙攘攘

余晖街道

伴着川流的河

汇在了

姑娘小伙们的话中

淡蓝色的长袍

高大的骏马

城墙下

嬉闹的孩童

这便是古城的记忆

窗外满眼的青绿色屋顶

小溪穿于红墙根处

将我的记忆

说与墙角处的半夏与紫苏

饭香飘飘

像是一剂治愈伤痛的良药

记忆徐徐

古城才有了生命之气

我与记忆

一同上了古城的墙

晚霞褪去

故人与古城

映着月光的影

清晰在了记忆中

晚风渐渐

伴着笑语与欢声

饭菜的香气

也成了古城的记忆

一念成诗,一念雨下

我在屋里写诗

听着窗外的雨声

雨下在了诗里

淋湿了你

也淋湿了我

我在屋里写诗

听着窗外的雨声

雨从诗里流进了屋里

我低头看雨

却看见了你的背影

我去窗外找你

听不见窗外的雨声

你不在诗里

也不在写诗的屋里

我去窗外找你

听不见窗外的雨声

你在哪里

你在哪里

浮生一梦

刚从草原回来

梦里全是星空

草原上的牛羊骏马

不及星辰万里无云

想醒来

却又不知梦在了哪里

还想再去一次草原

不只是因为还想着星辰

想着你

而是去了

或许就不再记得回来的路

红草的尽头

走出红草的那一刻
眼见着无情的风
摇晃着身进了一处寺
那一刻
时间也仿佛停在了
红草的尽头
眼前的寺像浮云
渐渐飘远
直到一只鸟儿
飞出了红草
落在寺墙上
才让一切的静

又发出了声响

或许红草并不是没有尽头的

或许时间与无情也是吧

虽浅，但深

小大
浅深
虽然
但是
小小
浅浅
大大
深深

夏雨

夏雨给小树浇上了水
滋养着它的梦想参天
夏雨为鸣蝉止住了热
唤醒着它的初凉秋意
夏雨中挥手
我们万岁青春
夏雨中前行
我们青春再见

心尘,刚好

小雨刚好,扫净心尘
阳光刚好,照见心尘
月色刚好,睡着心尘
微风刚好,心尘依旧

致远，清平

母亲的话语

在山间的小路

与清风之间

伴我同行

那是话语

也是清风

是田间的麦浪

拥抱着我

满眼的思念

远不及

母亲的思念

由远而近

像麦尖的雀儿

不时停驻

我静静地

站在那里

看向远方

远方茫茫

未来不定

满是无常

归期难测

母亲却说

一切都好

无常安详

我似懂非懂

欲言又止

母亲默念

致远清平

无常有序

真假，双生

她走在路上

时快时慢

略带慌乱

途中岔路

她左顾右盼

不清不楚

直到一个身影

将她带入未来

那是一个

与她记忆中的自己

很像的影

一身红衣

手持七彩

虽是背影

却自带光耀

她生于天边

亦真亦假

或为传说

内心深处

她不知不觉

落入凡尘

直到一个身影

将她带离过去

那是一个

与她前尘时的过往

很近的身

身骑白马

身姿挺拔

定睛看去

竟是男身

她回望着过去

一切似是而非

如假似真

他凝视着未来

眼前如真似假

满是金光

他们彼此相望

虽隔远山

却似咫尺

他们心意相通

不差寸步

难辨真假

他们彼此相忘

一个在路上

一个在天边

他们变换了真假

他们美美而双生

不知，不觉

我沿着一条熟悉的河
边走边玩
河水像每一个明媚的春天
绿油油地映着太阳的虚影
不知什么时候
一位上了年岁的爷爷
映入水镜
面前的他
似曾相识
我从他的眼中
读着他的回忆
随便一个故事
都像盖着很厚的炉灰

他说他曾被流放荒岛

他说他曾食尽野草

他不时停顿

叹着气

吹掉了一地的灰

不知不觉

我发现熟悉的河水

渐渐冰封

不知不觉

我看见那位老人

没了身影

不知不觉

我拾到了许多

记忆的碎片

不知不觉

摇晃中的我

已触到了

时间的断尾

微澜过后

睡梦中

我醒来

看到你

深陷一片汪洋

于是

我伸出手

将你救出

梦醒后

我闭上眼

感觉你

走入一片森幽

于是

我伸出手

将你救赎

无论是醒是梦

我看不到你

梦不到你

感觉不到你

而你在梦里对我说

微澜过后

水深依旧

下

十一小时后

1

十一小时后

我醒来

却没有出现在你的面前

你问我去了哪里

我说其实我还没有醒

十一小时前

你醒来

我陪在你的身前

我问你去了哪里

你说其实你只离开了一个小时

你的离开

我的离去

究竟是为了什么

你不说我也知道

就像我不说你也不说

十一小时前

你我相知

十一小时后

你我别离

2

你的十一小时

我的十一小时

究竟意味着多久

离开前与离开后

属于我们的时间

其实只有一个小时

爱之前与爱之后

属于我们的爱情

其实只有一个小时

十一小时前

我记得你

十一小时后

我忘记了你

3

在一个小时里

我们究竟能做什么

在只属于我们的一个小时里

我们究竟要做什么

十一小时前

我原本并不珍惜你

十一小时后

我将永远失去你

十小时前

你原本十分珍惜我

十小时后

你将再也不愿见到我

九小时前

你渴望着我

九小时后

你忘却了我

八小时前

我拥你在怀里

八小时后

你被别人怀抱

七小时前

我在一个黑暗的地方

七小时后

你在一个黑暗的地方

六小时前

我在你的体内

六小时后

我成了你的幻象

五小时前

我爱上了你

五小时后

你背叛了我

四小时前

我厌倦了你

四小时后

我厌倦了我

三小时前

我爱上了她

三小时后

她离开了我

两小时前

你说你要死去

两小时后

我想要去找你

一小时前

我怀疑你

一小时后

我怀疑一切

4

十一小时前

我不认识你

一小时后

你遗忘了我

一小时里

我们做了朋友

一小时里

我们做了爱人

一小时里

我们做了我们

一小时里

我们做了彼此

十一小时后

你离开了我

十一小时后

我在等你

爱与不爱

我希望我们能就这样

一直走到天亮

带着你的青春

还有我的梦想

如果有一天

我们真的没有办法走下去

我只希望你从此明白

其实我并没有走远

就在不远处你的身旁

我希望我们能就这样

直到走出雾霾

抛下你的过去

还有我的未来

如果有一天

我们真的没有办法爱下去

我也希望你能够懂得

其实爱并没有离开

就在伤心时我的心底

我希望我们能就这样

一直相爱

直到有一天

我们

不在了

不爱了

爱的尽头

我们的爱真的就这样断了吗
此时的我已到了不能失去你的地步
对我来说,你不再是你
而是我最为本能的原力
或许你并不知道
就像我并不了解
我知道你一直站在原地
以思念为伴
等待我的转身
我们的爱真的就这样尽了吗
那时的我对你难以割舍
对我来说,我不再是我
而是燃尽你那炽热的火焰

或许你并不知道

就像我不敢相信

我以为你一直站在那里

却发现你的背影里

并没有我的思念

或许情的尽头是燃烧,是灰烬

而爱的尽头是什么

是思念

还是熟悉

爱在深秋落叶时

梦里 1

当浮华掠去花瓣的凋零

你已踏着飞露渐渐远去

我将再也见不到你闪耀的瞳眸

感受不到你淡然的微笑

梦里 2

在那深秋落叶的时分里

我看见你不断向我挥手,向我微笑

我以为自己将要离去

而你是否知道

清晨

在这未知不定的世界中

我醒了，却看不到你的微笑

我无数次地拨动你的心弦

不知你是否知道

醒来

当所有情感只在深秋时凋零

我才知道掠去的不只是浮华

或许还有回忆

离开

当所有记忆只在落叶时浮现

我才懂得离开的不只是你我

或许也有这个世界

常常

在你离开以后

窒息常常

而在以前

我以为呼吸平凡

梦里 3

愿下一次的深秋落叶时

我的世界里仍有你的出现

愿下一次的深秋落叶时

我们能再次相拥而泣

梦里 4

愿那时的我们依旧挥手

不再告别

愿那时的我们淡定从容

彼此一生

小雪

如果尘世的凡烟

能让我远离多愁

如果往日的绡绫

能带我走入你的前世

当真爱降临

而你我却未曾留恋

夜幕的尘埃

被轻盈的白雪

染成了灰色

化作我心底永远的一片小雪

你如此轻盈地来到我的身旁

我却早已望穿你的圣洁

当真爱降临

一切的过往已褪为苍白

慢慢落下

当真爱降临

所有的现在已让往事成灰

不再迷茫

而你化作了我心底的那片小雪

伴着阳光

踏着七彩

或许也会枕着夜幕

静静睡去

故土圣安

莫须有之意境白

淡雅菊花香

怎奈大唐西辞去

留下万岁衰

王朝故里圣安康

朝霞思暮乡

何故心断似远去

故土下圣安

还是那场秋

还是那场秋

秋光

秋雨

秋落

以及与秋有关的一切

不知道这已是我的第几次秋悯

每当这个时候

这种感觉就会来到我的身旁

只是在这个与秋有关的遐思里

我仿佛只在瞬间便明白了过去的意味

在那里

我像落在此时的遐思里

独坐在一个人的怅然中

思绪现在

还是在这个与秋有关的意梦里

我仿佛只在瞬间便懂得了未来的含义

在那里

我仍像在此时的意梦里

不断找寻生命的意义

仿佛瞬间

还是那场秋

我一个人独坐在怅然中

寻找生命的意义

秋分

秋至

秋日

以及与秋有关的一切

是否,还在

一瞬间爱了

一瞬间恨了

爱过

痛过

恨过

百转千回之中

爱始终如刺般扎在心里

流血不止

生命不息

一瞬间拥有

一瞬间失去

不曾拥有

却真的失去

无法继续抱紧你

我已再无那般力气

挣扎着忘记你

如同忘记了自己

不想打扰你

不想再提起现在的你

因为那已是别人的你

只是偶尔地

会想轻轻地问候一句

你是否还在

灰色

是明明知道不可以
却仍旧想去尝试
是本知道会被压抑
却仍旧心甘情愿
是黑色的情人
也是白色的情人
它不属于好
也不算是坏
有时令人向往
有时让人胆寒

离别的心醉

当海边传来了离别的思念

我不知道这相遇的离别

对于彼此是否只是一份淡淡的记忆

而我却欣然于这份心动

在海边确认着离别的思念

我不知道这思念的离别

对于彼此是否只是一份轻柔的过往

而我却迟然于这份心碎

在海边的心

如歌一般让人神往

如风一般令人心驰

就像此时的离别一样

而我已怅然于这份心醉

凝往

我已在心底凝往一个女孩

用心走过彼此的距离

我已在心底凝往一个女孩

用心感受彼此的祝福

可望以及不可求的凝往

已将我消融

也将她消融

将我们凝往为一种彼此

留在这已久远的消融

我说凝往不过是一粒沙

沉浮于彼此的心中

女孩说凝往也是一道光

消融于彼此的泪痕

那一刻我只愿她幸福

墙边的蚁洞

长大了

也冲动

却不曾冲破心的深处

梦想着

离别时

已忘却了墙边的蚁洞

轻浮的真爱

当真爱变轻

像雪花一样

飘在空中

飘过我随意编织的故事

爱怎么会如此轻浮

任凭我胡乱地感动

爱怎么会如此认真

在我的故事里无助地缠绕

当真爱远去

像雪花一样

化在空中

融化在我编织的故事里

爱怎能如此轻浮

让我难以感动

爱怎能如此不解

让我们的故事错过了结局

轻轻地走近我

你像天边的一朵云

轻轻地飘近我的眼

带我飞上另一片天

每当想到你

我就会快乐

情不自已

我想我是爱上了你

自此

我将拥有我的所有

你像枝头的一朵花

轻轻地走进我的眼

带我入到另一片林

每当想到你

我就会幸福

莫名地难以自已

我想我是爱上了你

自此

你将拥有你的所有

或许

爱就是这样简单

简单得就像天边的云朵

或许

爱就是这样烂漫

烂漫得就像枝头的花朵

你轻轻地走近我

在爱的季节里

静静地将我拥抱

你轻轻地走近我

在爱的岁月里

慢慢地将我融化

燃烧的麻雀

麻雀的平凡

只在那个瞬间

空虚地觅寻

但凡正视的目光

不是烈鸟

却高傲转身

点燃羽翼

振翅夜雾

燃烧的麻雀

短暂如烈鸟

火焰般

不畏燃烧

有一种天空

有一种天空，蔚蓝

有一种天空，晴朗

有一种天空，清澈

有一种天空，满足

有一种天空，矇眬

有一种天空，阴霾

有一种天空，混沌

有一种天空，忧郁

有一种天空，雨季

有一种天空，彩虹

有一种天空，月光

有一种天空，喜欢

有一种天空，黑色

有一种天空,灰色

有一种天空,无色

有一种天空,遗憾

听声

于埋没烟尘之际

我留下无痕的气息

我不知道

这即将爆发的战争

是否与我有关

风声渐起

雾霾凝重

大战前的恐慌

已令很多人感到窒息

在风起云涌之际

我满心投入听风的意境

我知道是我已经习惯了这种气息

在风口浪尖之后

我隐秘在听声的一端

小心翼翼地吸着每一个人从头到脚的味道

我知道我离死已经不远了

当望穿者的秋水,只是一场卑微

瞪大着的眼睛

流着泪的脸颊

以及不敢望穿的秋水

仿佛这一切

都不过是一场玩笑

面前的沉沦

异常的喧闹

却只如那场玩笑

没有留下片刻

以及卑微

感情的墓碑

迷失的意义

在婚姻面前

没有了光芒

流出的眼泪

喧闹的卑微

当望穿者的秋水

只是一场卑微

我的喜欢

我喜欢,一些简单,一些浪漫,一些祝福,一些宁静

我喜欢,一些卑微,一些懒散,一些古怪,一些凶狠

我喜欢,那些喜欢,那些期待,那些鼓励,那些绚烂

我喜欢,那些犹豫,那些孤独,那些恐惧,那些消逝

我们已不再年轻

我，伫立镜前

一抹阳光

带出了白发

我，不再年轻

不是白发泄露了年龄的秘密

楼下来往的朋友

刚刚还在振臂高呼的豪情

此刻已经消逝在人流

被湮没

我们是否还年轻

我问我的朋友

他们说只要你没有孩子

你就年轻

我问我的母亲

她说在她的眼里

我永远是个孩子

我望着我的朋友

他们大多和我一样

已近中年

却不快乐

无言能否让青春嘹亮

大声疾呼着

跟随夜晚的列车

像一股无法抗拒的力量

将老人与孩子挡在了外面

青春是什么

青春不是不会作声的狮子

不是长眠地下的白骨

而时间却

一笑而过

默默地

只是默默地

窗外长起了一片青春

想一辈子爱你

想一辈子爱你

不知能不能如愿

仿佛突然看到了尽头

尽头的你我

一个泪流

一个微笑

不是我不想去爱

而是你已转身离去

想一辈子爱你

不知能不能实现

仿佛猛然料到了结局

结局的你我

一个已死

一个重生

不是我不想去爱

而是你已有了未来

心里想着一个人

心里想着一个人

其实是不需要见面的

想着本身就是美

想着本身便是生

心里想着一个人

其实是不需要诉说的

想着本身就是声

想着本身就是情

心里想着一个人

其实是不需要歌唱的

想着本身就是律

想着本身就是乐

心里想着一个人

其实是不需要喝醉的

　想着本身就是酒

　想着本身就是醉

一场秋雨后的送别

我选择在一场秋雨后的夜晚

望着窗外渐渐清晰的曚昽

却难以忘怀你昨日的双眸

你望穿秋水般的温柔

似一道道蚕丝

轻盈绵柔

我选择在一场秋雨后的清晨

望着窗外格外艳丽的朝霞

却不愿割舍你过往的萦绕

你语笑嫣然的美丽

似一道道月光

无限隐秘

最不愿忘记的便是你的离去

那一晚秋雨淅沥

秋风渐起

而我却无法温暖你的冰冷

一英里之外

一英里之外

你就在那里

我却看不到

也许你也在寻我

我并不知道

一英里之外

雾气氤氲

静默的街

此刻也霏雨绵绵

模糊了视线

我

就在一英里之外的地方

请不要再继续徘徊

转身离开

穿过那一段瘴地烟雨

走过来

我就在这里

始终在这里

慢慢走过来

一英里之外

让我一伸手就能触碰

一英里之外

让我不再想要离开

我想

一伸手就能触碰到你

雨后的青春

雨中的我们

就像在歌唱

怀念那辆单车

还有你的雨伞

雨中的我们

就像在歌唱

想起那本日记

还有你的课本

告别了

我们的雨季

停住的不只有雨声

还有那阵阵的欢笑

再见了

我们的青春

留下的不只有泪水

还有那金色的麦浪

遇见

也许只是一个转身

我遇见了你

没有曾经的期许

或华丽的场景

但内心的颤动很真实

那是久违的真实

也许只是一个笑容

我爱上了你

从未袒露过的真心

不加修饰地送给了你

从此骄傲变成了一种说辞

苍白地掩饰着内心的真实

也许只是一个眼神

我离开了你

从未改变的你

内心深处永远长着的你

当遇见不再会是遇见

风已然吹落离别的叹息

最后的最后

每一次我都会以为

这是最后一次相见

我会将我的回忆

深深印在彼此的唇间

我不知道忘记了你

我是否还在意自己的残忍

在这最后一次之前

我会以为我的梦想

已随我们的情缘落碎

了无心痕

在这一次之后

无论多久

我都想知道这最后的最后

是否还会有个尽头

我想飞到它的前面让它来到

直到我发现其实无情才是最后的结局

在最后的最后

我会像离开这个世界时一样

留恋你的存在

直到忘记最初一次我们的相望

直到忘记最后一次我们的拥抱

忘记这最初的最后

忘记这最后的最后

碎心醉过

这次是我真的很想醉

为了我们曾经的不易

我想起你的心碎

记起那片片破碎

这次我又真的很想碎

为了那难以忘怀的醉

我拾起那片片破碎

却无奈碎心醉过

碎却不能醉

醉可忘却碎

在碎心醉过中

我渐渐模糊了你

在碎心醉过后

我已然失去了你

掠过回忆，心见水纹

不记得

刚刚是谁

轻轻拂下一抹泉水

恍然中

微风渐止

凡尘被平静挽留

我却唯愿波澜

而后

掠过回忆

心见水纹